达吾孜亚的年轮

唐晓冰 / 著

知识产权出版社
全国百佳图书出版单位

图书在版编目（CIP）数据

达吾孜亚的年轮 / 唐晓冰著. — 北京：知识产权出版社，2017.7
ISBN 978-7-5130-4935-1

Ⅰ.①达… Ⅱ.①唐… Ⅲ.①诗集－中国－当代 Ⅳ.①I227

中国版本图书馆CIP数据核字（2017）第127026号

责任编辑：卢媛媛

达吾孜亚的年轮

DAWUZIYA DE NIANLUN

唐晓冰　著

出版发行：	知识产权出版社 有限责任公司	网　　址：	http://www.ipph.cn
电　　话：	010-82004826		http://www.laichushu.com
社　　址：	北京市海淀区气象路50号院	邮　　编：	100081
责编电话：	010-82000860转8597	责编邮箱：	31964590@qq.com
发行电话：	010-82000860转8101	发行传真：	010-82000893
印　　刷：	北京中献拓方科技发展有限公司	经　　销：	各大网上书店、新华书店及相关专业书店
开　　本：	880mm×1230mm　1/32	印　　张：	6.5
版　　次：	2017年7月第1版	印　　次：	2017年7月第1次印刷
字　　数：	120千字	定　　价：	35.00元

ISBN 978-7-5130-4935-1

出版权专有　侵权必究
如有印装质量问题，本社负责调换。

序

诗歌，
新疆"访惠聚"工作的
另一种表达

李东海

新疆"访惠聚"工作在新疆的全面展开，可以说是中国历史上在"稳定新疆""发展新疆""建设新疆"工作上的历史性工程。它将彻底改变新疆在中国西部的面貌和走向，这是一次历史性的转变和发展。在党中央和新疆维吾尔自治区党委的领导下，成千上万的人参与到这次历史性大转变的工作中来，这是造福子孙的事，这是造福新疆的事，这是造福祖国的事，每个参与者都心怀自豪和光荣。

唐晓冰是新疆维吾尔自治区教育厅的一名干部，有幸在2016年参与了这项伟大的历史性工程，是新疆维吾尔自治区教育厅驻库车玉奇吾斯塘乡达吾孜亚村工作队的一员。在一年的"访惠聚"工作中，他以极高的热情和责任感投入工作，但这些不是我要述说的内容。今天要说的是唐晓冰在一年的"访惠聚"工作中，还做了一件让我们新疆诗人无比自豪和欣慰的事：他写下了104首记述、描写、歌颂"访惠聚"工作组在达吾孜亚村工作、生活的炽热诗篇，并编辑成了诗集

《达吾孜亚的年轮》。这是一件对于新疆、对于祖国和人民都有重大意义的事情，那就更不用说对于一个诗人的意义了。我没有见过诗人唐晓冰，但读了他充满深情的《达吾孜亚的年轮》的诗稿，让我久久不能平静。这是一部在诗歌艺术上生动感人的诗集，他把驻村工作和生活写得栩栩如生，把村民、同事及自己在工作和生活中的感触，满含激情地表达了出来。《达吾孜亚的年轮》中的104首诗所构成的自治区教育厅达吾孜亚村驻村的年轮图，它亲切可人，那像抒情诗一样美丽的情怀，在南疆的渭干河畔萦绕回放。

唐晓冰是一个有情怀的诗人。他把自己的感情与时代使命有机地结合起来，把工作的艰辛与自己的热情融合起来。于是，再苦再累的日子都是快乐幸福的时光。诗歌是感情的自然喷涌，是生活的情节集锦，也是时光的绚丽闪耀。诗人在繁忙艰苦的"访惠聚"工作中，把诗歌的美丽带到了乡村，带到了农民的生活中去；把诗人驻村一年的情感、生活、工作、希望和时光，都以诗歌的表达方式向我们述说，从而让我们听到了来自南疆渭干河畔的动人歌声。

排在唐晓冰的诗集里的第一首诗就是《国旗升起》，当他来到了新疆维吾尔自治区教育厅达吾孜亚村驻村工作组后，真正地见识到了祖国的认同与国旗的升起，在我们新疆边远的乡村是多么的重要和意义非凡！南疆，库车的一个维吾尔族乡村，一面鲜红的国旗在每个周一的早晨，都冉冉升起。诗人发自内心的深情：

红色的火焰升腾/让达吾孜亚/这块寒冬的土地/迸放暖意/春天，在这个清晨/是否提前在枝头/挺立

五星的光芒闪耀/让达吾孜亚/湛蓝的天空/舒展美丽/敬意在胸膛鼓胀/一朵朵花蕾/砰然/绽放

情到深处自然美，诗歌是情感的产儿。诗人充满对达吾孜亚村的热爱，充满对祖国的深情，于是这样深刻美丽的诗歌就孕育而生了。茨维塔耶娃说："诗人是超越生命的人。"唐晓冰的这些描写"访惠聚"工作组的诗歌，将会比我们的生命更加长久。因为他写了一个大时代的"历史性"事件，写得生动感人。再看他在2016年6月30日写的一首诗《收割后的麦地》：

让人揪心不已的/是一捆又一捆的麦草/一个苍老的农民/蹲在地里/时间没有使劲/地里的麦茬却在疯长/几只麻雀跳来跳去/找到的是自己的叫声/放眼望去/是夕阳的一片枯黄

麦茬硬朗的态度/不希望谁举着灯火/往前走/就像一些年龄/宁愿空着/也不肯把自己的脚印/扎伤

这就是诗歌，这就是生活。诗歌最深恶痛绝的是虚情假意，诗歌是生活的宠儿，是感情的王后。唐晓冰在工作组的工作和生活中，对于乡村的生活和村民的认识日益升华，对于劳动和果实的感情日益深厚。所以写出的诗，感人而美丽。还有《季节的恍惚》：

夕阳/举起一把铜壶/将恬静缓缓倒下/我沏满霞光的大瓷碗/袅袅升起的/还有达吾孜亚的炊烟

花瓣/经过了多少相思/瘦成了弱不禁风的模样/我额头的这朵云/要将这个季节最后的一缕暗香/带向何方/月光悄悄躺在我身边/我坐在一张冰凉的木桌旁/马车/驮走了雨水的喘息/还要驮上一车柴禾的算计/那个赶车的人/路过黑暗中的一些灯火/没有选择一家停下/在我和这片树林的沉默中/他是否还在/赶着自己的宿命

在这首诗中，诗人的表达力和想象力可以说是一次巨大的爆发："夕阳/举起一把铜壶/将恬静缓缓倒下"而"我泖满霞光的大瓷碗/袅袅升起的/还有达吾孜亚的炊烟"。这是诗歌意象与诗人对于客体认知的浑然一体，是感情与思想的高度统一。这才是诗歌，这才是我们要去咏唱的生活。

唐晓冰在他的《达吾孜亚的年轮》的诗集中，这样的诗歌比比皆是，脍炙人口。我很少写序，一是资历不够，二是学识欠缺。但我读到唐晓冰的《达吾孜亚的年轮》的诗稿后，还是跃跃欲试地敲起键盘。因为唐晓冰做了一件极其有意义的事情，他以一个践行者的身份，用诗歌写下我们新疆"访惠聚"工作的真实生活。我要不遗余力地为他欢呼和歌唱。也在此祝愿他的诗集《达吾孜亚的年轮》得到更多读者的认可和赞赏！

（作者系新疆著名诗人，天山文艺奖获得者，《民族文汇》杂志副总编）

目录 CONTENTS

第一辑　春风

003 … 国旗升起
004 … 萨迪克江：我的维吾尔名字
007 … 午后的屋后
009 … 浮尘天
011 … 初春
013 … 风
015 … 一朵花的造访
017 … 游克孜尔水库
019 … 好大一棵树
021 … 深夜的火车
023 … 看火车
026 … 等待雨
028 … 三月：南疆的睡眠

031 … 春风掀起的思绪
033 … 杏花
034 … 风在旅途
036 … 春播
038 … 组员休假·晚餐
040 … 在达吾孜亚花朵上的一只蜜蜂
041 … 梨园
043 … 休假归来
044 … 道别
046 … 蚂蚁及春天的叙事
048 … 桑葚
049 … 白杏
050 … 南疆天空中的一只鹰
052 … 渭干河及达吾孜亚灌渠
055 … 一场不期而遇的春雨

第二辑　夏日

059 … 蝴蝶谷

061 … 即将淹没的石头

063 … 看不透的一些事物

065 … 太阳雨

066 … 悟

068 … 墨鱼

070 … 我被桑葚看了一眼

071 … 傍晚起雨

073 … 路边的野梨花

075 … 初夏早晨的素描

076 … 外星人

079 … 南疆天空的一朵云

081 … 预期

084 … 收割的心跳

085 … 三夏中的麦茬地

087 … 收割后的麦地

088 … 渭干河（一）

089 … 渭干河（二）

090 … 渭干河（三）

091 … 夜眺达吾孜亚村委及工作队驻地

093 … 独白

094 … 落泪

095 … 夜晚的风声

097 … 一只麻雀

099 … 一场空

101 … 意外

103 … 运动腕表

105 … 盛夏的劳作

107 … 戈壁上的草

109 … 今年雨多

110 … 吵醒我的事物

112 … 英达雅河

113 … 黑夜

115 … 七月的无花果

116 … 窗外

117 … 夏天深处的一个早晨

118 … 红枣

119 … 我想写一首诗

120 … 和一只麻雀的对视

第三辑　秋雨

125 … 2016的下半年

127 … 胡杨树下的坟茔

129 … 渭干河（四）

130 … 八月底

132 … 月光中的果园

134 … 转身

136 … 工作队驻地

138 … 南疆蓝

140 … 我如此欣赏一棵核桃树

142 … 无语的无花果

143 … 连绵秋雨愁煞人

144 … 九月的香梨

145 … 黑夜入村

147 … 雅丹地貌·挽歌

149 … 起雾时分

151 … 我的中秋

153 … 十五的月亮十六圆

155 … 秋分

157 … 秋色金黄

159 … 多雨的秋季像心情

CONTENTS

第四辑　冬雪

163 ⋯ 黑羊

165 ⋯ 土夯小院

167 ⋯ 哑巴村民

168 ⋯ 棉花地

170 ⋯ 不朽的胡杨

172 ⋯ 伐木人不知去向

174 ⋯ 尊严

176 ⋯ 季节的恍惚

178 ⋯ 初冬的早晨

180 ⋯ 无处不在的阳光

182 ⋯ 下雪天

184 ⋯ 库木吐喇千佛洞

186 ⋯ 初雪

188 ⋯ 冬至：一场乃孜尔

190 ⋯ 来不及

192 ⋯ 这一年，我聆听爱的声音

194 ⋯ 我要带走一个葫芦

196 ⋯ 后记

第一辑　春风

国旗升起

红色的火焰升腾

让达吾孜亚

这块寒冬的土地

迸放暖意

春天，在这个清晨

是否提前　在枝头

挺立

五星的光芒闪耀

让达吾孜亚

湛蓝的天空

舒展美丽

敬意　在胸膛鼓胀

一朵朵花蕾　怦然

绽放

共同的信仰飘扬

让达吾孜亚

陌生的和熟悉的面孔

仰望无声

生命　鞠下躬

注定　用一生的忠诚　与您风雨

兼程

2016.2.29

萨迪克江：我的维吾尔名字

只有父母赋予我生命和名字
今天老乡们赐予我
汉语叫"忠诚"的维吾尔名字
我无法拿双手捧起他
在掌声中　我甚至
听不出他的旋律
拥有　却多么不真实

他们祖祖辈辈　在达吾孜亚
砍柴烤肉　生生不息
谁家的庄稼被别家的羊啃了
火车在头上轰隆隆驶离
一切　都习以为常
今天　他们却放下农具
围着我　赐我佳名

我看到抬起的黑色眼睛
火焰正在煤炭中燃烧
被风沙揉皱的脸庞
布满了阳光的形象

他们将手举向天空

"萨迪克江"
像是举办着一场宗教仪式
我感到大风正刮起海洋
波涛汹涌
礁岩边　有闪亮的珍珠

多么不真实
达吾孜亚　远隔大海千万里
却让我的胸膛
被潮水　冲破堤坝
牛羊、庄稼、树林、院门、马车及
沙尘暴吹不掉的星宿
一起涌来

又多么真实
他们会用目光照耀着我
直到
土地的颜色和我的肤色
浑然一体
他们会用心丈量我磨成老茧的脚印
直到
他们从馕坑取出的是：萨迪克江
　一个洒满芝麻的金黄的名字
口口传香

我的父母也会很快知道

萨迪克江
达吾孜亚老乡们到处喊我
汉语叫"忠诚"的
维吾尔名字
这是我曾经拥有的
一个真实的名字

2016.3.3

午后的屋后

能够抒情的似乎只有
穿过村庄的火车
季节的停顿与换行
姿态总是低了再低
让大地望不到天涯的
是我的目光
我靠在墙角
想象着南疆春天到来时
是否也有害羞的模样

土埂的纹路
像一双双手青筋暴露
这样的手
却抓起春风的针线
将麦田一夜织绿
我看到那些杏树在远处
诵出了赞美的诗词
一场集体的舞蹈
正等待惊蛰

我说不出话

漫天沙尘
遮盖古龟兹残存的典籍
我看见一个俊朗的少年
纵身一跃
在我不说话的时候
从天山南麓
举起阳光
披一件蓝衣
策马奔来

2016.3.4

浮尘天

浮尘从天空压下来,但没有压住
达吾孜亚
核桃树枣树举着枝丫
精神抖擞
一群羊在路边
咩咩叫
黑的白的花的
唯独没有灰蒙蒙的

浮尘从远处围过来,但没有漫过
达吾孜亚
南疆火车呼啸而过
钢轨闪亮
一渠清水奔涌向前
打湿了土鸭子的脚掌

浮尘从天空压下来,但没有压住
达吾孜亚
村委会的旗杆上
挂着月亮一样的太阳
维吾尔村民的院门上

雕刻着孔方兄的图案
不知是谁
在今天早上的麦地里
铺上了一块块薄薄的绿纱

浮尘从远处围过来,但没有漫过
达吾孜亚
礼拜四巴扎上的麻辣烫
热气腾腾
土梨子的颜色金黄
电动三轮挤满了叽叽喳喳的交流
到哪里才能见到
戴耳机低头穿马路的形象

浮尘没有压下来
浮尘也没有围过来
在达吾孜亚
看一个人是如此清晰
想一件事很容易立刻明白
有的眼神一碰
永远也难以忘怀

2016.3.7

初春

春天风尘仆仆
像一个鲁莽的农村青年
骑着绿色的摩托轰地
从冬天的岔路冲出
顿时满面桃花
这时谁也不去注意
春天在枝头颤抖的叫声
河流同样撞破了冬天的一面老镜子
它苦难的脸上尽是碎片
水向远方泅渡
是否能找到一场爱情的温暖

陌生的鸟鸣向天空迁徙
一只燕子的翅膀载来了阳光
金色的犁划过大地泥泞的血管
我从草籽们的沉睡中探出头
想和鸟儿一起展翅飞去
可惜中间隔着光阴交错
灌木的牙齿

其实我不怕在春天制造一起事故

我只怕一个冬天的迷惘
会将这些明亮的飞翔
撞上
并像那个鲁莽的农村青年
满身是伤

2016.3

风

风起了
风将谎言刮得原形毕露
谁心中的一团疑云
无影无踪
风将历史的衣角吹起
露出真实
这不可更改的纹理

风起了
风将寒冷刮进黑夜的角落
你在天山北坡怀抱一把梅花
风将爱情的讯息传递
一个人在风中行走
懂得了聚散无常的道理

风起了
风将贫困刮得无路可走
春天将一缕
缺盐的炊烟扶直
春风啊
正跨越无数人间

达吾孜亚的年轮 /// 014

展开一个新季节的翅膀
让达吾孜亚飞

2016.3

一朵花的造访

如果绿枝是春风
摇动的一条条思念
星星在夜里刷亮了眼睛
那么这朵白色的花
就是春天的一滴泪珠
即使在深夜里
都能看见
心痛的颜色
我不知道
还有哪滴泪珠
比这白色的花朵
颜色还要
深

如果思念是春风
摇动的一抹绿
那就把我也染绿
蝴蝶是绿色的
月光是绿色的
还有这杯酒
我把它洒在七百公里的孤寂中

七百公里的尘土
也成了绿色
只有这朵花是白色的
还有哪片孤独
在此刻
比这白色的花朵
流出的血还要
多

2016.3.12

游克孜尔水库

浮尘把我们送到
新疆最大的水库
浮尘在栏杆外等待
我们参观亭台楼阁
想象着春天的水波浩渺
以及渭干河沿岸的风景
她美丽的绽放
还有一段光景
我们沿着大坝前行
刚毅俊朗的坝体旁
站着手术后黑漆漆的石峰
我们不好意思问一家两小子的成长史
良好培育的大坝
守护着扁吻鱼和尖嘴鱼的
繁衍生息
石峰搂着一块又一块的嶙峋怪石
我们不知道毗邻的千佛洞
是否早已昭示每个人
命运的迥异
我们在石峰下看山
像是看见一种命运撞在此处

遍体鳞伤
我们在大坝上看水库
又仿佛世外桃源
举杯的时候
朋友说
想在这里终老
我望着他酒杯的闪光
想着桀骜不驯的怪石
以及冰层下无语的鱼儿
觉得这些事物正和自己的未来相遇

2016.3.14

好大一棵树

多少年了
站在古老龟兹的大地上
叶绿叶黄
草长草枯
世事无常在你心中
多么平常
多少恩恩怨怨转瞬成云烟
而你不生不灭
我仰望着你
巨人的胸怀

多少年了
透过光阴和浮尘
看炊烟升又落
人群聚又散
而你紧紧抓住脚下的热土
深怀对蹉跎岁月的感恩
我仰望着你
慈爱的笑容

多少年了

孤独地望着岁月
得到或失去
不喜不悲
多少刀光剑影
多少狂风骤雨
忍耐让时光如此淡定
你静静地站在天空
不着一丝尘埃
我仰望着你
脱颖于苦海的身影

2016.3.20

深夜的火车

一望无际的黑
将被这条银色的龙
赶向何方
向南还是向北
我牵着土狗老黄冲出院子
踮着脚尖
想让土狗咬断
驰往天山北坡的方向
那里
始终有一盏灯
为我点亮

寒彻心骨的冰凉
将被轰隆隆的剑
指向哪片天际
我披着军大衣
想着坐硬座的姐妹兄弟
是否能多搭一件
不知尺码的衣裳
车厢与车厢的连接处
是否有幽暗的灯光

鼾声震天的火车
让轰隆隆的座位
从多少梦里驶出
却只惊醒了睡在沙子里
几只虫子的梦乡
我不停打着哈欠
感觉不到火车有停下来的迹象
这时候上车下车
多么沮丧
要是所有月台消失多好
我乘车的南疆老乡
睁开眼睛就看到天亮

2016.3.22

看火车

枣树先开始颤抖
土房子的腰绷紧了
轰隆隆
火车从院墙外驶过
我冲出去的时候
火车比我跑得更快

宠物狗毛妮没叫
土公鸡继续刨它的食
南疆火车就这样来来回回
我经常听到声响
直到有一天我从涵洞下走过
还有一次
我坐的汽车在铁轨的桥上
熄了火
才看到它的模样

很多事情的发生
总是出人意料
现在

南疆火车来回的时间
我已烂熟于心
根据这些特殊时刻
我做好每天的生活安排
我还知道
客车的颜色与货车的区别
货车与货车的不同
客车的窗户有双层

我已经是个看火车的老手了
但每次感到大地震动
我还是要踮起脚尖
看一看
有时在院子里
什么也看不见
有时我会从一个渠沟边
迈过来
有时我想学一只鸟
不吃饭
蹲在树杈上
看一看

我不知道
到底想看火车的什么
我不知道
看到南疆火车后

会有什么好的事或者坏的事发生

有一次

我从一个土堆后面跳出来

崴了脚

有一次

我的眼被一片树叶划伤

还有一次

我梦见

一列装满玫瑰的南疆火车

从天山北坡

疾速驶来

2016.3.22

等待雨

等待一场雨
在古龟兹的春天
我才知道
雨和这里的海拔一样陡峭
我想说的是
我们终将成为亲人
在你现在离我很远的时候
你实际上离春天很近
我只有在最近的春天临摹你的步子
我的手伸向天空
能否捧到你依旧平静的呼吸

等待一场雨
在塔克拉玛干沙漠边缘
我才知道
许多事物都流落到边缘
时间和经验变得面目皆非
雨是否和我一样
有些不知所措
有些话心里听得懂
舌尖却没有哗啦啦地表达

我只能祈祷
像匍匐在沙丘的那片苋苋草一样
祈祷一场雨
能把前生的花催开
在今生让我们重新相爱

2016.3.22

三月：南疆的睡眠

火车头冒失地闯进
然后是车轮吭哧吭哧的喘声
春灌漫过果园
几颗星星在树下
不远也不近
柳树会最先绿的
她垂下的丝绦
会招来麦田的绿
一片
又一片

不知名的小虫子
领着月光斑驳的小径跑来
在屋角
被犬吠截住
微风扬着纱帘
恍惚天使的翅膀
只有秋里塔格山的轮廓清晰
渭干河不语
绕过沙坝的河水
没有传递任何讯息

许多院门是虚掩的
木条捆扎的篱笆
高高低低
鸽子在屋檐下栖息
咕咕咕
就算飞多远
也能落回自家的屋顶
廊下的木板床没有鼾声
它一边铺着暗红色的薄毡子
一边晒着金黄的老苞米

葡萄藤去年埋在土里
即将发芽上架
它爬上架顶
能望到什么
坎土曼闪着锋利的光亮
木柄上黏着这块土地
最新的泥土
没有掉下来
而火焰
已经熄了下来
谁家的铁炉
将烧完春天里
最后的一块煤炭

在没有烧完煤炭的城市
我的爱人
正走在雨雪交加的街道
打着手机
对我嘘寒问暖
她的声音
像果园刚开的杏花
一会儿透绿一会儿嫩白
一会儿开出淡粉的花瓣
她的身影
是摇曳的绿丝绦
一会儿近
一会儿远
招来泪水和春灌
一片
又一片

2016.3.25

春风掀起的思绪

我果真能从一个陌生的身份中醒来
我果真能从一个城市的老人
投胎到村里　变成一个蹦蹦跳跳的孩子
我手里拿着一个丢失了年龄的苹果
想和孩童们一起分享
他们跳着躲开
我记得
他们像一阵春风般躲开
这里的春风好像不认得我
就像我已不认得童年的模样
我踏着多少回忆的脚印走过来
有多少时光值得我去怀想
又有多少时光流连我
在达吾孜亚村这样一个清晨
忘却是多么美好的一件事
我就像一个来路不明的人
两只流浪狗没有狂吠
一声鸟鸣改变了方向
冬麦静静地打量着我
我知道没有什么人能叫醒
一个装睡的人

我愿意伴着这个苹果
在这陌生的宁静中
沉睡

2016.3.29

杏花

我无法施展自己的想象
铺天盖地的粉色
装饰春天和梦
白色、淡绿的蝴蝶起舞
一直摇曳到我无法企及的目光

从寒冬的料峭中脱颖而出
越过荒凉的红柳、梭梭和芨芨草
灿烂地绽放直奔天堂
我愿意在这阳光的喜悦中泪水流淌

是呀，何止是喜悦
还有甜蜜在酝酿
喃喃的耳语和铮铮的誓言
满天都是蜜蜂嗡嗡作响
童话的集结
这些即将出嫁的花瓣
她们的心思
满山遍野
我多么希望这熏人的香风在春天里
将我埋葬

2016.4

风在旅途

一场大风
铺天盖地
旌旗猎猎
大树弯腰
石头奔跑
世界露出狰狞的模样

一场大风
一场意想不到的大风
突然刮起
猝不及防
就像一个人的一生开始一样
在旅途上的你必须学会在风中直立行走
面对幸福或灾难
使出浑身解数
往前走
直到风将你吹透

一场风就这样猛烈地刮着
你的头发已是风的形象
胡子渐长

由黑变白
连同砂粒、青春和枯草
一阵阵地去了
谁的一辈子
就这样刮走了

一场风终于刮完了
没有人走出院门去寻找什么
人们好像不知道发生过的事情
谁家的炊烟升起
狗抖了抖身子，牛转过脸来
蒲公英张开了降落伞
谁会注意另一个人在风中的表情
谁会知道路上
多一个人还是少了一个人

大风，就这样刮过去了
大风，还要继续刮起

春播

（一）
把远山的枕头推开
把去庄稼地的小路装上车
穿上初春早晨的迷彩
端着有些凉意的鸡啼
将种子、汗珠、羊粪蛋
一起种进田垄
哦　不要忘了
带一壶热茶和一块馕

土地的面庞是粗糙的
春灌让这个村庄昨天老泪纵横
砂石、土粒像是长着痤疮的青春期的额头
我们说好了
要给这土壤铺上
保湿保墒的面膜
定期浇灌
她爱情的琼浆

（二）
我相信有一种收获

会覆盖
一块又一块土地的勤劳
所有种下去的维语、汉字、单词或长句
都会像这个春天发芽生长
一个季节的喜悦
延伸到了一条条柏油路上

（三）
我得改变一下作息时间
在深夜里
我想亲耳听见
种子破土与禾苗拔节的声响
我要和这些庄稼
创造一片片成长的景观

2016.4

组员休假·晚餐

明明五个人
桌上只摆四个碗
一个兄弟刚休假
想必家宴碟摞碗

菜还是那么多菜
馕还是那么大和圆
厨娘总来问味道
心中始觉缺咸淡

赶紧加两双筷
外加一个盘
盛情邀来村里汉
杯盏情谊添

昨天的事要说
今天的理儿要讲
情深意切鸡啼前
满桌村子的稳定和发展

电断了手机开

茶凉了热水添

明明五个减一个

现在近三千

（注：达吾孜亚村2769人）

2016.4.7

在达吾孜亚花朵上的一只蜜蜂

一段开花的岁月
种在一片花开的世界
载着一束阳光
在花蕊中安个家
梦也暖
笑也甜

忙忙碌碌的日子
不管狂风或者沙尘
穿梭在前世今世间
人生何时觅逍遥
闲也难
累也欢

一生执着
一个甜蜜的事业
没有蝴蝶的美丽翩跹
又哪来春雨柔情的惜怜
即使飞得再远
也不忘出发的路
心也简
道也安

2016.4.8

梨园

是不是过于娇嫩
我轻轻的步伐依旧
惊醒了一片雪的梦
一片鸟鸣

是不是在云端
一颗心盛满了花香
想忘记红尘
又怎舍得
在这个季节离去

随便嘬一口空气
都是你甜甜的笑容
随便看一眼花蕊
都是你曼妙的歌声

一件微小的事物
竟让人感动
一朵纯洁的问候
让人泪流满面

这时我想喊谁的名字
这时谁在花丛深处喊着我
美丽的梨花将我簇拥
我爱的人一定在不远处

2016.4.10

休假归来

树林静悄悄的
一缕轻松的空气
钻过他们中间
也暖暖地擦过我的手背
尽管我两手空空
路边的青草整了整队形
在我返村的时候
他们攒着劲绿了
劲头十足的
还有几道炊烟
我听到啪啪啪柴火的掌声
夕阳兴奋得有些脸红
鸟鸣也好像忘记了声调
这些反倒让我有些不好意思
我背着空空的行囊
一转身
达吾孜亚
一条春天的小路向我跑来

2016.4.14

道别

你的额头
在人群汹涌中
是博格达的雪峰
你的脸庞
在人声嘈杂中
是带泪珠的雪莲花
飞机盘旋
我频频回头
就是为了
在乱云飞渡中
能看到你的笑颜
我看到的是一泓天池水
有着翡翠的冰凉
奔腾的雪水
从天空跃下
我听到了谁的声碎
我不忍回头
飞机高翔
你挥舞的纱巾
是一朵朵云
还是一片片雾

在云端
没有了星星们的私语
只有一轮月
回眸淡淡的哀愁
我忍住泪
看见天山南麓
满山都是褶皱
一回首
天山已经白了头

2016.4.14

蚂蚁及春天的叙事

故事的细节
被你慢慢串起
你从墓穴拉过来的一道黑线
像是一段人生的倒叙
闭上眼
我们是否能找到熟悉的影子

你的血肉之躯
与一棵胡杨相比
多么微不足道
你编织的绳索
哪有命运长
在茫茫沙土中
你的寻找也许只是一种私心
你无意中扛起的罪过
会不会是谁的一道伤痕

风声一样走失的记忆
或是在哪块骨缝里
战栗的体温
是否先你一步

藏身于此
睁开眼
我看见你
失去方向的慌张
我知道你
终究无法代替大地的广袤
辩解一句

2016.4.17

桑葚

麻雀们围绕紫红的果实
从昨天傍晚开始
兴奋的空气令人眩晕
他们是忙于爱情还是开始孕育
手机的微信没有泄露任何秘密

晌午我又路过这里
阳光灿烂桑叶茂密
遮盖了一些羞涩的笑容
麻雀组织着它们的欢愉
一溜烟青云直上
一颗熟透的桑葚
在我不经意的时候
落进尘埃

2016.4

白杏

这些粉嫩的杏花
像孩子们盛开的笑脸
一夜之间
挤满了村庄
挤满了多少游客的相机

这是多么美丽的一次邂逅呀
胜过一千次一万次的怦然心动
梦在绽放蜜蜂成群
我忍不住轻轻叩门
将春天打开

2016.4

南疆天空中的一只鹰

从不曾放弃寻找的
是天空中的一只鹰
你的高度是天空的高度
在天山之上
在众生之上
一出生你的履历就写满了
对大地的俯瞰
一长出利爪
就抓住了生命的沧桑

从今天见到你
我注定要用一生的仰望
将你追随
不管是一万年前
还是此时此刻

是的,我没有一双锐眼能看万里河山
没有一双翅膀
将云朵和一切苦难驮载
我只能张开双臂
插上稀薄的光阴

飞跑

是的我有一千个追随你的理由
即使天空阴郁
雪线冰凉
即使龟兹的戈壁寸草不生
我的一生毫无建树
也要在此时
让我的愿望长出羽翼
展开飞翔的力量
抵达比梦想还高还远的地方

2016.4

渭干河及达吾孜亚灌渠

我私藏多年的精气神
被达吾孜亚的渠道
镶了银边
苍生起起伏伏
托着天空蔚蓝的骨骼
时间,要张开多大的指缝
才能让我和水
英雄相望

我备下了前世的酒和杏花
在达吾孜亚
还有浮土中噗噗作响的脚印
凿渠的人是否作古
开闸的人正在何方
我不是一个赶路者
更应是个匍匐者
我把头伸向水面
澄澈、清冽的光芒
让我的人生
原形毕露

太阳
从我的背后升起
我想顺手拿到这条
最柔软的绳子
拴住那奔跑的光阴
我刚一开口
就被灌满了风沙
一只黑鹳
扑棱棱飞向远方
它的弧线
正让谁欣赏
鸬鹚和鱼儿
谁比谁
懂得了更深的躲藏

也许是胡杨的金黄
或者是桑树乐器的闪亮
让克孜尔上游的仙子
扬一枝红柳
踏香而来
细碎的脚步

惊艳了花苞和一双燕子的归程
月色涂抹着水渠
一会儿浓一会儿淡
在达吾孜亚下游
我到哪里去找
一支采莲曲的合奏

我看到前世
随浪翻卷而去
现世
正和泥沙、光洁的卵石
飘扬的芦苇
一起沉淀
我不敢妄念来世
我体内这条鱼
从达吾孜亚的水草间
醒来
他的鳞片
若隐若现

2016.4.26

一场不期而遇的春雨

这么洁白
比水晶还干净
我骑着白马
在绿色的箭杆杨下
遇见了你
你从前世射出的银箭
命中了整个春天
所有的前路

我要策马狂奔
带着惊醒的大梦
鼓动所有的雷声
挥舞仅有的一次闪电
只为了今生将你遇见

我在前世
早已给你留下了
达吾孜亚村的地址
多么希望通向你的邮路
不要泥泞
多不希望

前生的一个约定
荒废我今世一生的时光

此时此刻
我愿集合所有的树木和花草
带着数不尽的忧和喜
迎着你今世的光亮
奔走
只为了你
尘寰未改的竖琴上
有一粒属于我痴念的
音符

2016.5.5

第二辑 夏日

蝴蝶谷

我想把天山的月光运到这里
我想把那拉提的春风牵到这里
我想让石头麦西来甫般生动起来
我想让河水艾特莱丝绸般扑面而来

能不能让群山绵延时光迷失
能不能让大雪降临埋葬归途
能不能让蓝天俯下身子
能不能让云朵在河谷流光溢彩

哦,这些看似唾手可得的欢喜
这些,就像昨天的幸福
没有了你
和那前世的约定
是多么的遥不可及

我只想在今生
看看你翩翩飞舞的身影
我只想让你
偶尔靠在这一世红尘的肩膀
我只想只想

你的斑斓
能碰巧
照亮我这个夜晚的无眠

可是你这梦想中的邂逅
依旧没有到来
我只能
只能这样了
将我小小的一个心愿
轻轻搁在岸边
一株盛开的红柳上

2016.5

即将淹没的石头

大水就要淹没
红柳和蝴蝶们的故乡
一排排杨树早已心事重重
那雪线的一瞥
多么令人心揪

漂泊至此的石头啊
大水就要漫过头顶
好像是一个世纪的洪荒
却又怎能从环山的往事中
出走
这些草根出身的石头啊
偶尔的一次露脸
付出的是一生艰难的追逐
黑暗
却即将
接踵而至

如果没有了月光
石头们还能等待怎样的轮回
如果没有了时光

石头们的期待将在哪里沉没
渭干河的石头
我看到的是沉默
还有
愁容

2016.5

看不透的一些事物

这段落在村庄的光阴是谁的
这群低着头的黑羊在想什么
这阵不合时宜的风
是否拉长了一只公鸡的打鸣声

这黝黑的笑容
暗合了谁的道路
这滚烫的泪珠
滴进了谁的酒杯
这手掌的皲裂
握住了哪片庄稼

谁知道这片胡杨的年龄
谁能记得住坟茔中的一些名字
谁能告诉我迈出家门的那个梦
谁会知道我和他之间的
寒冷和陡峭

谁和谁已捅破了琴心剑胆的
一张纸
谁和谁变成了指甲和手指

谁在黑夜中一直敲打着第三根肋骨
念着你
却从未将你吵醒

2016.5.9

太阳雨

天空怀着龙凤胎
南边是阳光
北边是骤雨
雷声是孕妇的一个饱嗝
声音大又小心翼翼

风摇晃着白杨
没有果实掉下来
风在找杏树的时候
雨劈头盖脸地一顿抽打

无所事事的我们
有些幸灾乐祸
又假装没有看见
我举着单反相机
制造一点人工闪电

夕阳的临盆是另一道闪电
白云帽的护士刚刚为龙凤胎洗礼
村里什么人影都不见了
地皮一点儿都没湿

2016.5.18

悟

路过一个院落
听到狗吠
才知道院落不是空白
高压锅在发出鸣响
才知道一个容器在灶台
身体的一个部位疼痛
才知道一个皮囊的存在

谁
失去了对新鲜事物的热情
谁
又对一些事情的发展
蜕去敏感

人啊
对核桃、红枣的成长那么漠然、懒散
枝桠横生
却期待秋天，颗粒满仓

是否觉得世界的一切理所应当
直到爱你的人远去

曾几何时，我们早已
疏离了对一朵花的亲近

在离群索居的看瓜棚
疲劳、心悸和疼痛被暮色覆盖
直到夜风穿过篱笆
把你描黑
直到整个世界都黑了下来

谁
才觉得对这个世界不够爱
谁
用足了最后的气力
一声叹息
活得不明不白

2016.5.25

墨鱼

你在天空中垂下触须
把雨滴玩弄于股掌之间
田野上我捧着野花的哂笑
这张美丽的笑脸
随着阳光失走
留下三片叶子的情书
变黄、翻卷与凋零

多想借助你的一次闪电
将一片海倒下
雨中舞蹈的一定是一个海妖
我要做光头的祭司
呼风唤雨只是一个借口
我的体内早已莲花满池

月钩刚才没有把你勾住
现在瞬息不见
我见到你的正面
还是背面
那么多雨滴在你掌中
倾注到你游来的世界

我只看到一朵浪花从你的左边
盛开到右边

你借助风
发着时间的纸牌
是否有一位皇后的孤单
注视着一个世界的倾盆大雨

另一边
蓝色像泥土
拥抱万物
一条鱼的游弋,有时
竟然比海洋还要辽阔

2016.5.27

我被桑葚看了一眼

让我当一阵春风
拂过你胸前的花朵
让幸福也握满我的手掌

让我当一声鸟鸣
贴着你叶子后的脸蛋
声音带上了笑容

就算我的脚步如此沉重
走过再累的路
我也要丢掉手杖
愿我的足迹从此沾上你的甜蜜

就算我的光阴注定要被辛劳填满
我也愿意多被你看一眼
我愿意与你撞个满怀
让我的心再甜一点
很多心愿一跳
就能摘下来

2016.5.28

傍晚起雨

风刚想预告
乌云立刻捂住了它的嘴

草竖起耳朵在聆听
有什么动静能瞒过一片绿叶

两朵花在推搡嬉笑
蝴蝶的影子
早已躲进庄子的梦里

刚升起的炊烟
不管雨点有多少
都没有发出声响
直到洼地伸出的手背和天空的手掌拍起来
噼里啪啦
音符四溅
直到防渗渠找到了精确的音节

哗啦啦
庄稼地响起的水流声
化解了多日的干旱诅咒

谁在那里合唱
一排排闭着眼睛的青杨
谁又在那里欣喜若狂
一口不断降着水位的枯井
我在竹席上辗转反侧
一抬头
看见黑夜的羽毛
全部湿透
它抖落的水珠
没有滴到我梦的脚趾上

2016.5.30

路边的野梨花

野梨花
让一天的时间都亮了
虽然站在梨园外
虫声依旧将她的香气叫响
我知道
这里的风总爱扎堆
他们将一堆堆洁白的雪
远远近近都铺在园内的梨花上
孤孤单单的野梨花
踮着脚
挺着昼夜的根茎
气色瘦弱而苍白
面对着一个艰涩而疼痛的时光
依旧一身的阳光
我感受到了阳光的重量

泪珠在尘埃中砸下
有了回响
日子陡峭
却是一片没有乌云的片段
那些爱嚼舌头的篱笆

悄悄躲藏在了身后
南腔北调的鸟儿
这时也叫得很准
它们在谈论梨园内外时
也谈到了从野梨花旁边路过的古丽
她们在南疆的土地上
一旦打开花瓣
她们的花蕊,一样能被梦找到

2016.6.1

初夏早晨的素描

是哪朵白云遮挡了夜晚
踟蹰的叹息
是哪缕风划破了清晨的宁静
是哪声鸟鸣
将新鲜的阳光采摘
绿叶上斑驳的光亮
和一朵花的微笑
将谁描绘

是谁从噩梦中
重新绽放了笑脸
是谁纱巾包裹的头发
依旧有刘海儿飞扬
白的紫的桑葚果
让麻雀的翅膀倾斜了寻找
也黏住了谁悠闲的踱步
辽阔的天空蓝得让人想起梦想
一个孩子背着书包向我走来
红领巾系住洁白的脖颈
她的眼睛又大又黑又亮

2016.6.4

外星人

一辆车从身旁疾驶而过
在晴天绝尘而去
在雨天溅人一身水
他们好像是另一种人生
生活在另一个维度
一切急不可耐
脾气火爆
厢式货车超越城市越野
摩托车风驰电掣
像发射的长征火箭
嗖地不见了
多像一个外星人

我生活在这个星球的
一个村庄
和一座果园待在一起
日出而作日落而息
蹲在庄稼旁
看麦子返青抽穗到金黄
我坐在渠埂上
看着一头牛瞪着大眼睛

我撑开我的眼皮
牛不屑地转过头去

我就这样在村里行走
有时为了颈椎
我在小径上倒着走
引来三只流浪狗的好奇旁观
有时我会哼一首歌
树上的乌鸦扯着嗓子跟着喊
我就不唱了
有时馋了
随手掐几颗桑葚或白杏
桃子红的时候
摘几个揣到衣兜里

我穿着北京老布鞋
就这么东逛西晃
偶尔我也跑几步
但我的步伐
总追不上一条渠的浪头
我不喜欢巴扎的喧闹

也害怕与一群陌生人握手
我喜欢趴在地上看蚂蚁搬家
像看到一段童年的时光

我知道我在改变
有时感到自己其实是个
外星人
很多愁人的事正在淡忘
很多烦躁的感觉正在消失
我站在果园里
我原地踏步
我终于有空看看内心
它正和外面的果园连成一体
一丝声响也没有
它正变得透明
香气四溢
我透过这片果园看世界
就像一个医生通过ICU观察窗
看一个垂危的病人

2016.6.5

南疆天空的一朵云

这么久
这么久
我终于看到一朵云
在众草的匍匐上
像神的召唤
从天际款款而来

这么久
这么久
我的张望始终是空旷的蔚蓝
我读不懂这天空的谶语
好像很多命运生来如此

难道是我们的人生悬崖峭壁
难道是我们的心荆棘密布
让你无从
下凡人间

这么久
这么久
我固执着一朵云的归期

烈焰像我一行行的泪水
炙热滚烫
触目惊心

预期

终究有一场大雨
不可抗拒
之前,土地的面庞
被蒙上滚烫的沙砾
渠道的皮肤皲裂
一座发着高烧的木桥嘴巴张了一下
干涸的星星
眼神充满着沮丧
葡萄架下的呼噜声疲惫不堪

天堂
是前世的幻象
只有一个人在墙角
在回忆中窃窃私语
命运,不可抗拒
不可抗拒的一列火车
晚点驶过
昨天的青麦
早晨已是一片金黄
光阴的镰刀发出隐约可见的寒光

一个黝黑的农民是最后历史的见证者
他要赶在一场未知的命运前
改变一点点现状
他背对着我
他的经验超乎了我的想象
跟着他
我就能找到回村的方向

干渴的天气
一队蚂蚁拖着半粒大米
鸟鸣也没有多出一节音律
村里人好像都知道了
命运的不可抗拒
戴花帽老人的胡子花白
一个高鼻梁的姑娘出嫁
巴郎子的门牙掉了下来
母亲把这颗牙齿埋在一棵小树下
一切不可抗拒

大馕、抓饭、粉汤按顺序上齐

人们在交头接耳
有的表情庄严肃穆
有的欣喜若狂
对一场大雨的不可抗拒
村民们好像都有了预期

一场大雨
迸起一滴又一滴的水星
疲沓的箭杆杨打了个激灵
达吾孜亚的村民们
对命运的不可抗拒是否
同样都有预期

2016.6.23

收割的心跳

这个季节的钟摆
突然转动
饥饿的镰刀
要将所有麦子颗粒归仓
它飞舞的姿态出乎想象
锋利的刀刃上
盛开的是花朵还是泪光

在生命葳蕤的六月
枣树梨树刚挂出青果
却听到死亡的声音由远及近
一片叶子听着麦田如此寂静
一片叶子听到了生命的喧哗
果树们坚持着静静地
他们没有远走他乡
他们甚至没有挪动半步

而时光挥舞的镰刀
轻而易举地将
一时登峰造极的麦芒
拦腰收割

2016.6.29

三夏中的麦茬地

一片辉煌终归于沉寂
光阴瘦了下来
麦香随汗珠入地
只留下一排核桃树
青色的表情
阳光更加昂首挺胸
一缕衔着悲戚的凉风
躲在路桥下
他把人生干净的片段
留在了麦地
麻雀叽叽喳喳
不知谁还能唱一首
青春永驻的歌谣

一个人正将麦秸打成捆
装上陌生的电三轮车
运往冬季的牛栏
没有谁来阻止或帮忙
一朵云缱绻着身子
冷眼旁观
一群鸽子吹着口哨呼啦啦飞离

如果一个季节就这样将命运
翻开新的一页
谁还记得你啊
站在高处或低洼
有无天壤之别
这辽阔的天空
值得用怎样的人生
描摹出一个人湛蓝的远方

2016.6.30

收割后的麦地

让人揪心不已的
是一捆又一捆的麦草
一个苍老的农民
蹲在地里
时间没有使劲
地里的麦茬却在疯长
几只麻雀跳来跳去
找到的是自己的叫声
放眼望去
是夕阳的一片枯黄

麦茬硬朗的态度
不希望谁举着灯火
往前走
就像一些年龄
宁愿空着
也不肯把自己的脚印
扎伤

2016.6.30

渭干河（一）

多少次的漫步
多少次的隔岸眺望
渭干河的水将天空冲洗得愈发蔚蓝
还有孩子们的眼睛
摇曳的红柳和远处的荒凉
滔滔逝水
我是哪一段人生风景的过客

多少人匆匆而过
多少人比肩前行
渭干河的水刷白了今晚的月色
星光坠落河堤
两岸的树木高高低低
我听不见一声鸟的呢喃
流水起伏
我是哪一晚灯火的守望

2016.6

渭干河（二）

这些用汗水和泪水浸泡出来的河水
汹涌
一个没有拥堵的地方
一池春水
缓缓流淌
陌生的和熟悉的脸谱
稀缺的笑容
扑面而来

河流摆动粗麻做的纱裙
出席谁的盛宴
魍魉的笑容
若隐若现
哦，在一个不生产玫瑰的地方
人生一样波涛起伏明明暗暗
醉眼中的风情
公开了谁的隐私
在这个期待燃烧的夜晚
有谁记得
曾经滴落河床的汗和泪珠

2016.7

渭干河（三）

这么多远道而来的石头
它们排列在陌生的两岸
是否再能听得见故乡的桨声
和一头白发的呼唤

这么多古老和年轻的石头
所为何来
经受着他乡浪涛的拍打
我听见水声清凉
冲散了呜咽

这么多的方言风俗信仰若隐若现
却亲密无间
如何跋涉而来
相聚一场
我宁可相信缘分
及关于梦想的追逐
带来流年似水的繁华
绿了两岸

2016.7

夜眺达吾孜亚村委及工作队驻地

这黑夜采集的一线灯火
被旅途的疲惫兴奋摇曳

一片光明的水
幸福的桨声由远及近
一只灿烂的小鸟
落在黑夜宽阔的肩头
发出金子一样的声音

这是多么温暖的鸣叫
赶路者停止了迷惘
有辆车躲过了片刻的倾覆和死亡
是呀,有谁愿意做这跋涉的囚徒
是呀,有谁愿意做孤单的飞雁

抬头挺胸的路灯将要找到
回村的路
那一片温热的灯火中
是否有一只
属于你的红烛
而我

将要捧起这串晶莹剔透的项链
轻轻戴在爱人的颈前

如果还有一些幸福可以期待
让我们就和这条乡村道路一样
放下蜿蜒的身段
拧亮车灯
向达吾孜亚出发
不要让黑暗
轻易赶上

2016.7

独白

请让鸟鸣给我一双眼睛
无论目光飞出多远
都能把一树繁花唱响

请让风儿给我一对耳朵
无论在世界哪个角落
都能捡到关于爱的一首诗

请让阳光给我一幅面容
向日葵让时光流转
留下一片灿烂的金黄

请让月色给我一副歌喉
皎洁的大地打扫所有的枯萎

请让墙根给我一双脚板
让达吾孜亚成为永远
不敢轻易触碰的故土

请让蝴蝶给我一个梦
一双干净的手拉着尘世的我
或者我牵着梦中的手
向家走

2016.7.1

落泪

麦秸被打成一捆捆的方包
麦粒铺在木板上、院子里
和土路旁
我踏进麦田
麦茬刺痛了我的脚板
刺痛了这片金黄深处的忧伤

一个人对麦穗的热爱
抵不过镰刀的锋利
那些精神抖擞的麦子
是我看着成长的孩子
只能成为亲切的回忆流淌

我让泪水在渠道里转了个方向
静静地聆听昆虫们的私语
是的,我只能和他们一道
在最近的怀抱里
迎接玉米
布满一个季节的葱绿

2016.7.2

夜晚的风声

风总是先于我的睡眠到达
她就在窗外
宁静或喧哗
她舞蹈的时候,就像个女巫
随身携带着
成片的绿树和几粒星辉

草色如黛眉,越描越浓
一些鲜红在眼里像揉进了沙子
而时间在我怀里
越来越瘦了
今天已经触摸到了
下半年左边的肋骨

麦茬光脚站在地里
他的收成金黄地铺在柏油路的边上
麦粒没有翻滚,让人想起往昔的好心情
蚂蚁们排成一条长线
是否要将美好的记忆扯去
一片两片的月光被吹起来
疼了谁的眼泪

风总是后于我的愁绪
在墨绿的小路上徘徊
好像要提醒我
加快用完剩下六个月的时光
曲终人散
我终要告别坎土曼的顶端
填充又一个最后一公里

风总和一些蚊虫同行
我知道今晚
少不了和灯光发生一些纠缠
之后要加紧睡眠
第二天我要振作精神
把剩余的六个月时光
一捆一捆洗净叠齐
打包装箱
开着一辆五菱面包车
走家入户
有时走到庄稼地里
让一些没有打包的日子
挥汗如雨

2016.7.3

一只麻雀

一只麻雀站在窗前的
树枝上
羽毛光洁
眼睛明亮
他的伙伴犹如三个音符
在瓜秧的五线谱上跳跃
他多像个指挥家

我是热爱音乐的
我仰视着他
期望指挥一场交响乐的合奏
他的指挥棒却一动不动
我觉得他是否被盯得害臊

但他身着褐色便服,神态安然
眼珠咕噜
他也发现了我
看我有什么示意
我穿着汗衫
确实不像一个正经的观众

就这么相见两不厌
总有人要率先打破局面

突然
他直直朝我飞过来
一个箭步
冲进了窗下的瓜田
他站过的树枝微微震颤
我相信这根树枝
一时不会折断

2016.7.4

一场空

除了梦
睡眠之外的事物都已模糊
包括黑夜及时间
梦遇见的黑夜及时间是否是静
黑夜及时间遇见的睡眠是否在动
梦中遇到梦是动是静
梦中遇到的人是真是假
故事碰上梦是古是今

这时只有一声火车的汽笛声
一切仿佛都是缥缈的
包括黑夜及时间
火车在时光隧道中穿行
前世无我，我是谁
今世有我，我又是谁
来世无我谁是我

空调的温度已降至十八摄氏度
体温的高度好像在左右摇摆
不知睡眠凉梦热
还是睡眠热梦凉

或是一热俱热、一凉俱凉
世间的事物谁又分得清
冷能变热
热能变冷
热会更热
冷久了会更冷
但谁又敢说
冷久了不能变热
热就会一直热下去吗

一片虫鸣爬过睡眠的边境
我是在梦中接纳
还是在清醒时抗拒
或者在梦中欣喜
醒来却很生气
爱与恨经常互换位置

你不要恨我，恨你自己
你恨我就不恨自己
我恨你是为了不恨自己
我恨你有时更会恨自己
谁敢说能把爱坚持到底
谁更敢说能把恨一直坚持下去

2016.7.5

意外

雷声是一首早已遗忘的乐曲
我左手拿着由远及近的乐谱
与窗外的一颗核桃树对视
它经历过多少风雨飘摇的生活
这些天
它把空气熨得干干净净
这些天
我感受到熨斗的滚烫

我说一直相信
会有一片云
让翅膀长在风之上
我说也会相信
会有一群蚂蚁
爬过掌心像啃噬你的灵魂
在我和核桃树说话的时候
一排又一排滴滴答答的动词
跳到了地面
一双素手
猛地一扯
将我枯萎的表情甩向尘埃

昔日的愁容敲出一道泪珠

希望雨就这么一直下
许多藏在宋词里的心事被溅出来
伸出手
几个雨点即使有些热量
也会让人霎时间地疼
闪到窗后
躲到时间的背面
我看见一个人
背着一小块黑夜
转瞬不见

2016.7.6

运动腕表

这个不算表的表
戴在我的手腕
它跟我从天山北到天山南
用的都是北京时间

不管是北京时间
还是新疆时间
在我调整腕表的数字时
时间流逝在指缝间

我用腕表来看时间
好像它一直按部就班
我经常感到
时间时紧时慢

时间的数字有时会停下来
那是我在查看生命的其他信息。
还有几次
是我忘了给腕表充电

一直运动的时间

是否充电才能运转
谁在给我们的时间发电
又需要多大的马达和多少的汗水运转

这些问题腕表心中无数
它试过黑屏
却发现
很多事物包括时间的闪烁
无可阻拦

2016.7.7

盛夏的劳作

很多汗珠慌慌忙忙往外钻
汗水、汗渍和汗臭
是夏天的财产
烈日被高高举在头顶
是夏天血缘纯正的亲儿子

春天不安分的风
早已被五花大绑押上刑场
房顶鸦雀无声
林间小路躲在黄昏后
蚊虫怕辜负了好季节
蜂拥而至
在我躯体上不断形成新的记忆

实际上
我已丢失太多的记忆
包括一朵雪花或一块冰的影子
我抓紧时间的缰绳
不停地在田间奔波劳作
我很幸运
我总是能啜吸上

每天最初的露水

我没有戴一顶宽沿的大草帽
方便我将太阳高高举在头顶
这多像那株粗壮的向日葵
即使在盛夏的深夜
我也能听到一颗头颅里
果实蓬勃的声音

2016.7.17

戈壁上的草

比一只蝴蝶遥远的
是雨滴
这一片绿
如何翻越死亡的沟坎
抵达这茫茫戈壁
比一片石砾还多的
是狂风
多少云朵的遗弃
植物们都已麻木

比一只麻雀还高的
是阳光
干渴和困顿围得水泄不通
这些种子的坚守
让人喟叹
沿着阳光的方向
绿色的旗帜高扬
生命每一次的萌动
是否都能听到大地的心跳

这时,我听见绿色的火焰在飞翔

比雷声更响亮
比一泽汪洋的涛声
更让人坚强

2016.7

今年雨多

我不知道在库车驻村
能经常碰到这样一个天使
她的身体是水做成的
雨就躲在她馨香的怀里
她的心中一定满是喜悦
她的笑声淋湿了草叶和大地
我也在笑声中找到了黎明
幸福从冬天移居到夏季

我不会在黑暗中啄下白色的羽翼
天使已领回了失窃多时的河渠
我真想加一下她的微信
在彩虹的二维码挂在天边的时候
我知道她的世界没有悲伤和忧郁
纤纤细手兴许只握了一个字
在库车遇到这样一个天使
是否我已找到了天堂在心中的地址

2016.7.10

吵醒我的事物

每天晚上
总有一些事物
钻进我的房间
滚烫的空气、狗吠和蚊虫的叮咬
它们让我知道
我和黎明之间
总隔着一场梦的距离

有时
月光像一位失明的老妪
她苍白的手指
差一点就抓到一个躲在阴影中的人
对黑暗中的这些声响
我的眼睛
比黑夜中的铁块还锃亮

雷阵雨偶尔闯进窗棂
让我感到黑暗也会被另一种力量收拾
这时的我尽量闭紧嘴
担心一晚又一晚
独自撑起的这个村落的孤独

会被一道闪电说破

而南疆的风
将这夜晚的黑
吹得到处都是破绽
它经过的时候
满世界的掌声和树叶飒飒作响

2016.7.11

英达雅河

在烈日下
我看到浪涛晒得黑里透红
这满头大汗的汉子
用风沙擦拭一下脸庞
立刻热血沸腾
这天山融雪中脱胎的汉子
以磨砺为人生
挥动双臂
一路奔腾不息
古铜色的脊背驮起天空全部的重量

我和他相逢在犬牙交错的岸边
这个河岸是多么宽阔啊
我怎么能跨得过去
他用阳光洗亮眼睛
他看着我
像看到了刚奔出天山的自己
他跑过我身边
我看到的是一波又一波
在砂岩中不断奔突的汉子

2016.7.11

黑夜

偌大的一片海域
清醒像一艘白色的小帆船
从一个浪到另一个浪
无法靠岸

时间是那个陌生的月轮
脸上涂粉
内心荒凉
眼睛是一场背景
耳朵更像一双道具
一场甜美的梦唾手可得
启封时却忘却了密码

我知道
今晚收服我的
绝不是波涛汹涌中的那盏航灯
我知道
桅杆已经倾斜
归去的港口和道路早已荒芜

我一定要找到光明的一道裂缝

即使长途跋涉,也将执迷不悟
偌大的一片海域
执着,就算是一束看不见前程的星光
我也要不断垫高胸内的礁石
即使无法靠岸
我也不能让夜的黑
肆意将所有的一切湮没

2016.7.12

七月的无花果

这些蓄谋已久的蜜汁
一下子缠绕住我的柔情
我知道
经典的话
从春天说到夏季
却没有听到
一句果核般坚硬的承诺

回想那半坡桃花
红遍了这边堆雪的梨花
我舞着斑斓的翅膀
捧着一朵粉色的杏花
来到你的树前
想寻找另一枝花绽放的表白
哪怕没有笑声
哪怕很轻、很薄、很淡

我看见
只有几株青草
露着空隙的疼
伴着我长长的等待

2016.7.14

窗外

透过一声声鸟鸣
和鸟鸣滴遍的一副农具
红桃在前面已经收获
绿色的梨树正在后面挂果
再远处
是一片被云朵擦拭过的天空
和一片被核桃树摇来摇去的湛蓝
再远处呢
再远处是什么
我无法看到

我站在屋子里像鸟儿站在果园里
我的想象是否比它的翅膀飞得更远一些
它是否和我一样
有一个梦想
这个疑惑
让我在窗前
思索了一个夏天

2016.7.17

夏天深处的一个早晨

第一缕曙光
将一片鸟鸣吵醒
一颗露珠被草叶染绿
它滚落到一只羊羔稚嫩的叫声中
我听到了一声犬吠的警醒
炊烟让时光走得那么慢
广播站的乐曲越飘越远
我的梦
从一扇失眠的窗子里悄悄坐起
它和窗下的草径一起
屏住呼吸
生怕惊醒正在聚拢的一片淡蓝

2016.7.19

红枣

等待等待
没有谁能将你的成长改变
即使要走过三百个漫漫长夜
在一个瞬间打开了黎明全部的目光
和喜悦
果实饱满,果核坚硬
我看见人们从悲酸的往事中走出来
带着一颗红枣上路

2016.7

我想写一首诗

我想摇动一朵绽放的花
让它的声音
喊出我对你的浪漫

2016.7.27

和一只麻雀的对视

果园里
每天都有一群似曾相识的麻雀
操着我听不懂的语言
飞来飞去
经常有一只麻雀
在我窗前的树枝上
叼啄一下翅膀
它乌溜溜的眼睛
清澈地打量着我
它没有打探到我的心
就像我看它一眼
我不知道是否已经换了麻雀

麻雀好像都是一样的长相
麻雀总盯着我看
一动也不动
我也盯着它看
是否是昨天的那只麻雀
它是否也在想眼前的这个人
是否同昨天一样的那个人
其实我有时也跟它一样迷茫

站在时光窗口的我
灵魂和躯壳的成分是否一体
前世、今生和来世
是否是一个人

2016.7.31

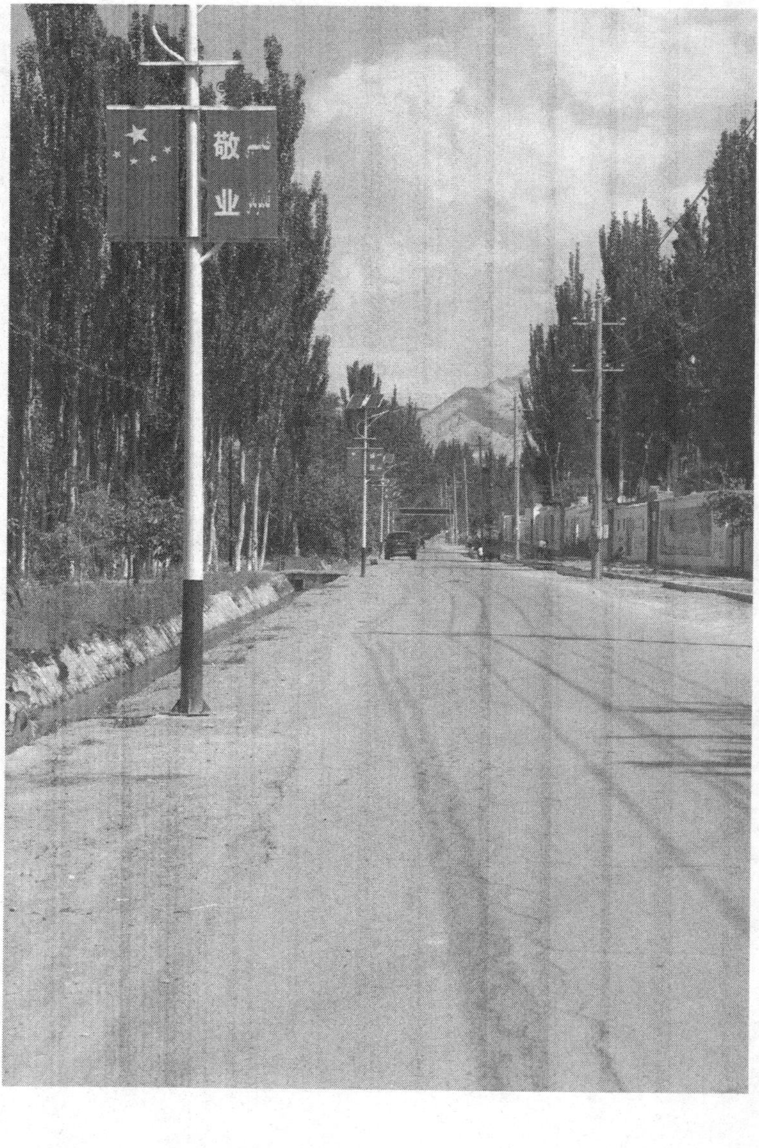
敬
业

第三辑 秋雨

2016 的下半年

盛夏已过
汗水浸透的脚印
也被秋风吹干
达吾孜亚
我能给予的可能越来越少
日子过得越来越快
像开往天山北坡的火车
轰隆隆的声音
转瞬埋进了冰凉的铁轨
我已经不再指望
在这个季节的末端
唯一挂着一地红灯笼的棉花
能与春天的笑容不期而遇

一串串葡萄让光阴变成了紫色
玉米正向天空
举起双臂
他亮出的身段
显然比上半年的麦子
更像北方的汉子
我要说的高粱

他们身着绿色的燕尾

排列在偌大的田野旁

抽出玉穗

想重奏出春天的交响

却显得那样的无能为力

我只能和地里的哈密瓜一样

拉着瓜秧探出头

瞥一眼日子跑开的背影

心生颤抖的纹路

呵！什么时候能像那只小鸟

安详地整理上半年的翅膀

它的一片羽毛随风飘去

越飘越远

越飘越远

我知道有一个远方

在等着我

达吾孜亚

如果一颗心在这里安了家

那么今生翻山越岭的都是他乡

即使

那里的幸福全是盛开的繁花

天黑的时候

能帮我点亮星星的

一定是你的这片夜空

2016.8.2

胡杨树下的坟茔

这片胡杨树收藏了十具躯壳
它们像高扬的经幡
让经幡经常作响的
是一群不舍离去的灵魂
如果有一场悲悯的春风
那些回忆中的爱
是否在深夜里闪烁
照亮时间的苍凉
如果有一场阴郁的秋雨
那些回忆中的恨
是否会在早晨的草叶上结霜

在夏天
艳阳高照
这些带不走的爱与恨
即使在阳光的后面
也看不到它们的影子
谁敢说土堆下面
牵挂胡杨根的
就不是一次次的轮回

前世做人

今生胡杨

再沉的爱

再深的恨

就算耗尽一世的磷火

能否点燃这起起伏伏的寂静

2016.8.17

渭干河（四）

晌午听着你的涛声
像一双手翻着日子诉说
我却想着你早晨
一颗柔软的心
蔚蓝的眼瞳
面容是那么的恬静
夜晚
渭干河
我却听得见
你反反复复
在群山的怀里的
喧嚣

2016.8.23

八月底

八月
一层层的金黄
从远方赶来
好像怕错过了巴扎
她们的到来让近处的棉田更深地绿
梨的香气
让一张脸在月光里更加皎洁
甜瓜挺着圆鼓鼓的肚腩
伴随着一生的好脾气
曾经乳汁一样的云朵
整容出清瘦的脸型

两只鸟从渐行渐远的炎热中飞来
鸣叫声已不觉轻了几克
河水在石头间选择了沉默
核桃被黑夜揉搓得越发坚硬
好在南疆的黑夜并不长
在阳光即将从枣林里起身
一颗露珠早已站在玉米叶上
一排高粱正要俯下身子
我恰好睁开了眼睛

除了风
我不知道这个季节
有没有一种心情叫感伤

2016.8.25

月光中的果园

月色斜穿过南疆方言的空气
坐在田垄上
我的膝上放着透明的羽扇

桃树、梨树和核桃树
表情丰富
谁的笑声惊飞了一只野鸽子
风,静静地将叶子描得幽绿

黄澄澄的梨子
香气没有全部赶到
她们听到了风声
一会儿被露水打湿
一会儿被虫声叫醒

核桃的青春正在坚硬
所有的虫子都躲了起来
在它们的头顶
覆盖着草叶
土桃与彩蝶已离开枝头
在这样的皎洁时刻

它们怎么舍得从热恋中抽身离去

两朵野花提着白色的灯笼
正寻找着一种沉静
他们见到的时间好像补充了营养
胖了很多
行动也慢下来

我知道
月光不会在这里耽搁太久
牵住她的手
我想让所有的梦
都能镶上
这银色的
光

2016.8.28

转身

我想转过身去
不让轰鸣的火车撞倒
我知道
坐上驶向天山北坡的车辆
等待我的会是一场重逢的风暴

我想转过身去
不让秋天的金黄认出了我
我知道
被南疆风沙打磨黝黑的脸
是汗水浸泡得即将发白的前夜

我想转过身去
不让这块青春不老的土地丢弃
我知道
那些被黑暗绊倒过的小路
多年后还会和踉踉跄跄的自己相遇

我想转过身去
不让一个热烈的动词变成没有温度的虚词
我知道

即使没有多少收获
不时拉长自己的影子
才能让阳光磨亮生活的利齿

2016.8.29

工作队驻地

工作队驻地是一排平房
统一刷成了粉红色
平房里我们工作、吃饭和睡觉
吃饭和睡觉是为了更好地供奉工作
而工作，经常把吃饭和睡觉的时间撵跑了

工作队驻地配有桌子和铁床
桌上摆满了电脑、文件和书报
几本好书和来访的老乡经常把床占了

汗水在这里派上了用场
老茧先占领脚板后是手掌
但甜美的梦经常找不到
在深夜落脚的地方
我派了一只白狗去搜寻
它叼回来的
是一个叫星期八的骨头

工作队驻地统一刷成了粉红色
我们种的鲜花和蔬菜
将院子装扮成了五颜六色

最鲜艳的花朵是孩子们的脸蛋
最美的是老乡拭干泪水后绽放的笑容
就像一场暴雨把沙尘的天空洗得干干净净
在蔚蓝的天空下
有工作队方方正正的一排平房

2016.8.30

南疆蓝

鸟从天空飞过
我听到了一片唱着歌的羽毛
它们朝向阳光的后面
蓝色浸润后的蓝
像一场童话中的爱情
被几朵叫绵羊的云彩亲近
云的叫声
是那么稚嫩
引来了更多的蓝
风把所有的银子似的嗓音擦得发亮
曾经的花朵都睁开了眼
他们看到了一块晶莹的翡翠
在清脆的玉佩声中
南疆老乡们把浮尘都收在了头巾和花帽里
露出一片真实的灵魂

天鹅
衔着我们在青春时始终没有说出的
那句话
这些干净的片段
何时将我的人生填满

让我在南疆的岁月如此辽阔
我会和一枝唱着蓝色曲调的花朵
相伴一生的
天空
蓝得像一泓神的眼泪
这些天
我在梦中频频遇见的都是好人

2016.9.1

我如此欣赏一棵核桃树

一列火车轰隆隆地驶过
和着无边的雨声
拍响了令人驻足的历程
枕木与石子的私语
和星星们的展望
都不在话下
轰鸣的身后
两条钢轨与夜色迅速合谋
像谁轰轰烈烈的一辈子
一下坠入黑暗
剩下的只有枕木上的淫雨

我不敢想象
一条巨龙
曾经路过这里
这时候
只想赞美一棵核桃树
连日的淫雨
红枣落地
葡萄腐烂
一枚枚核桃钻出叶子

果实愈发青春坚硬
小小的身躯
表达了对这个季节的抗争

由此
在这个夜晚
我对黑暗中的道路少了些心悸
对一晃而过的山河多了些颂词
让我暂时对这场连绵的淫雨
忘掉了怨恨

2016.9.3

无语的无花果

整个春天
我都没有撞开你的花期
多少的姹紫嫣红
繁花似锦
你都像一个素昧平生的旁观者
只顾打理着自己的心事

在夏天
多少张鲜红的脸蛋中
难见你的笑靥
秋天终于到了
你拨开葱绿的叶子
露出饱经风霜的脸
浅浅的皱纹挤在眼角和嘴角
和你身边那个扎着头巾
带着孩子
孑然一身的古丽
多么相似

我用手拍拍走失了骨头的身体
心中
依旧挤出一团
难以言说的蜜

2016.9.3

连绵秋雨愁煞人

天气预报有雨
即将入睡的人收起了凉席
天气预报有雨
一群亡魂被风吹起
弥漫了果园
刚上路的爱情
陷入了一步步的泥泞

一定有什么力量左右了天气
一定有人在电脑前撰写文字

当天气预报说未来几天
还有连绵阴雨的时候
我从一场雨与另一场雨的缝隙中探出头
指望有一点什么奇迹
让天空把所有的云朵兜住
不要打湿棉桃的花期

一定有什么事不可预知
一定还有人继续发布天气的信息

2016.9.4

九月的香梨

熟了的就要离去
这时到底要装出什么样子
幸福还是悲戚
有些表情掩饰不住
有些向往伸出了绿枝
之前是一朵单薄的花
此刻
青涩的脸庞在梦的一面
泛起了红晕
一个夏天精致的呵护
让一枚果子终于积攒了浑身的香气

熟了就要离去
命运的路或短或长
那些发出颤音的人多么可笑
既然回避不了一个动词
不如靠在阳光的肩头
多享受一会儿和煦温暖的静谧

2016.9.5

黑夜入村

风从西北吹来
我说不出它的锋芒
一群乌鸦刚刚飞走
夕阳就从一排白杨树上下降
所有绘有光线的房门过早地关上
整个村庄正在被一匹柔软的黑绸捂上

一级响应
乡村的道路都设了卡
黑暗怎么就进来了
是哪个洋缸子舀了一盆黑夜
泼灭了全世界的光亮

是谁拿着没有声息的针线
将白天与黑夜迅速缝合
几粒鸟鸣刚钻进树丛
墨汁就溅满了我的双眼
我一时哑口无言

我说什么好呢
那首湿润的歌

连绵的秋雨已让话筒断了线
多么美好的时光被羊群挤进了羊圈
到了这个年龄
我的很多棱角是否被这黑暗削了去

是的,雷声被沉默的骨节拔了去
几百年前纯洁的石头被肝胆藏了去
平静的呼吸被焦躁的肺腑撑了去
达吾孜亚的夜晚
被黑暗早早搜了去

我终于寻找到黑暗中的
几盏豆黄的灯光
像念着几首很旧的诗
乘着凉意听
我已听不出它们的心跳和韵律

不知还将为我准备多少这样的夜
我是否该找到这村里
丢失已久的一个陶罐
将这夜的黑全部装满蜡封
同时,点一把火
收拢所有走散的星辰

2016.9.6

雅丹地貌·挽歌

纷纷浮云漫天过
废城寂静
寒风声碎

一望山河萧索
万般凄凉形状
千里姻缘
一线谁牵
哪堪回首

忆当初
城内楼头画角醒
城外春山莺语乱
烈焰冲天
爱缠绵
情浓似千年

转眼云恨雨愁
芳菲和硝烟四散
梦魂无踪
徒留殿堂颓败

任风穿

天未老
地已荒
多少围城的故事
又要从头说
变了主角

一人弃城渐憔悴
行囊空空
独面夕阳

2016.9

起雾时分

天空先于我的骨头发蓝
鸟声像星星躲在花香中
我站在玉米地旁
来不及剥开她淡绿色的罩衣
风为我准备好小径
村庄将自己的声音压得不能再低
谁的纱巾挥起
在箭杆杨的脖子上
核桃树的唇边
山的轮廓
像水中的倒影
就算这时有心跳
所有的目光也都无法现身

一群野鸽子留下一个缥缈的片段
离得越近的事物
年代才能说清
那些青草的细腰
挂着几粒孤独的露珠
隔着纱巾
远方像活在前生的虚无中

这时多么需要旭日东升
把生活中所有起伏不定的章节
读亮
这时多么需要光芒万丈
把生活中所有的不平事
抖出真相

2016.9.8

我的中秋

小时候过中秋
院子的木桌上空空的
只有月光
听着嫦娥的故事
进入甜蜜梦乡

中学时候过中秋
望着一张皎洁的笑颜
悄悄想着一个长雀斑的
姑娘
多想骑着清风白马
追上回眸的一束明亮

工作后过中秋
风尘仆仆赶到父母身旁
听着母亲的唠叨
有些话瓣开来
比月饼馅多
比月饼香

现在过中秋

月饼一盒比一盒包装漂亮
月饼馅不停翻新花样
我却只能尝一尝
月饼硬硬的
心满满的
装的是妻儿
远方的那轮月亮

2016.9.15

十五的月亮十六圆

道别金庸

举起酒樽

我要把风尘仆仆斟上

举目四望

草长莺飞的尽头

谁的横眉

削出了十二分的剑气如虹

装一骑不老的铁蹬雕鞍

甩出一声寂寥的鞭响

四遭无人语

但我心有远方

邀一轮明月陪伴

她刚沐浴过的体香

唤醒了谁心中

一朵菊花的芬芳

她呵气如兰的唇齿

让多少陡峭的心扫清了孽障

一朵祥云

我隔着天山都能嗅到

举起酒樽

今夜谁的目光如此恍惚
我曾穿过谁的神话
谁将在我的传说中奔跑
举起酒樽
我要将肺腑中那句无法言说的长叹
投掷天边
我要披上银色的斗篷
回首红尘抿嘴笑
却发现
月亮的妩媚在黑夜的埋葬中
更加闪亮

2016.9.16

秋分

秋天
面子很大
胡杨为你的到来
开始换装
云在天际处盛迎
我们只能看到他
淡淡的身影
落叶的掌声已沙沙拍起
鸟鸣商量着宴客的程序
高粱更加清瘦
玉米到了分娩的时期
这个时候胖嘟嘟的
是一簇簇雪白的棉花
让人感到
春天还被暖在怀里

秋天
也很有里子
把绿皮剥开
一枚枚核桃
从谁的喜悦里跳出来

苹果和梨子这时咬在嘴里
我看到一排排牙齿
雪白而锋利
绝对能穿透任何寒冷的冬季
南归的雁阵
正在找回一片湛蓝的思念
一匹左腿受伤的枣红马
它的鬃毛在风声中找到方向

秋天
有面子也有里子的
是一张张黝黑的脸
草木即将枯萎
而他们的笑颜正在乡间盛开

2016.9.22

秋色金黄

这些穿越唐朝来的女子
身着如此奢华的装束
在道路的两旁
风姿卓绝
又像敦煌的飞天仙子
怀抱秋天的琵琶

多么盛大的演出
浓艳的云朵降临
事先好像早已接到了天堂的请柬
它的舞台延伸到了多少田垄、草垛
和烘干杏子的厂房
我听到收获的镰响此起彼伏
一直到了狂欢的篝火旁

浓墨重彩的油画呀
加一笔已是多余
奏响这秋天巨大的风琴呀
不用技巧
需要的是一双孩子的黑眼睛
和一颗颗明亮的心

这时多想多想开一趟专列
将这一树树金黄送呀
送到冬天永远找不着的地方
这时多想多想呀
生出一双阳光般的大手
将这黄金的颜色
铺满戈壁和荒凉

2016.9

多雨的秋季像心情

湛蓝的天空
需要无数金色的纤指爱抚
一如这些花朵般的古丽
用麦西来甫
才能打开她们灿烂的笑容
而这个年份
一幅幅打开的经卷
到底在灰暗的字迹间
暗藏着什么天机
阳光像是迷了路
记忆在天山以南
在库木吐喇千佛洞的壁画里
多少比花白胡子还要密的雨
多少比脚印沦陷更深的收成
在渭干河两岸安营扎寨

颗颗红枣跌落在泥土里
再多,也比不过婀娜多姿古丽的惆怅
葡萄藤的诗行
拎起的是烟雨的江南
不像南疆

我该找哪个远方求救
或许我只能祈祷
让龟兹的一匹老马
驮着一望无际的雨水
奔向塔克拉玛干
去抚平一粒沙子的渴望
我该仰望谁家的天空
借一盘蓝色的涂料泼向银河
那一匹柔软的艾德莱斯绸缎
一定会将明天早晨的阳光
擦得比夏天的还靓

2016.9.26

第四辑　冬雪

黑羊

这些从坟茔中走出的队伍
还沉浸在葬礼的悲痛
它们好像无法抬起头
抬起亲人伤逝的沉重
我看见一只黑羊的眼里满含忧郁
像插进往事的一把锋利的刀子
我看见阳光在一片枯草上
打了个寒噤

我没有看见牧人
他的身影是否已成了
这个季节偌大的背景
不管在一堆石头旁
还是在一条林带里
羊群循规蹈矩
有一声鞭子的巨响
不知何时炸起

是呀我看不到牧人的影子
就像这群黑羊
看不到自己下一刻的命运

很多悲剧不知道什么时候发生

一树树经幡飞扬
这些尘土的经卷已经读旧
一群黑羊缓缓走向深秋
像一片乌云
直到深秋也已消失

但农村和城市没有消失
生活还在继续
我看不见
还有多少盛宴
正摆成黑羊们
一排排的祭台

2016.10

土夯小院

老人从屋里迈进小院
脚步一个趔趄
阳光赶紧做了搀扶

几根草
沿着旧时光的呼吸
挪到房角
一只猫举起尾巴
没有理会
老人仿佛也没看见
他坐在门前
微微闭起眼睛
他的眼泡和院子里那棵榆树身上的疙瘩
一模一样
榆树的叶子就要落光
它和老人的一生
像被谁已经忽略了一样

没有被忽略的是这段土墙
像一面被岁月漂白又破损的经书
墙皮、老人身上的疤痕

和经书上失传的文字一起
慢慢剥落

小院外
有时响起孩子们的喧闹
和推土机的轰鸣
尘土飞扬
将一片寂静遣散

但土夯的院墙依旧没有表情
门前那位老人这时张开眼
混沌的目光
已经打探不出
天堂的路到底多近多远

2016.10

哑巴村民

当她打开门迎接晨曦的时候
秋天的寒气扑面而来
双肩微微地颤抖
是无声的

当她挖开土壤
埋上冬麦的种子
冬灌的渠水是无声的

当她接过受捐的钱币
嘴唇嚅动
目光湿润
不停地弯腰
一切是无声的

当她将我们这些亲人送出院门
一头牛从里面发出哞哞的叫声
我相信从里到外
这不是唯一的声响

2016.10.7

棉花地

一群棉花在喊
她们鼓足了腮帮子
她们的喊声是那么洁白
让干净的云朵像羊群一样
被赶到了远方

先是一朵棉花在喊
她的声音没能穿透玉米地
玉米们像商量好了一样
个个守口如瓶
让村民先办好自己在秋天里的收成
等到棉花们发现这个秘密
便一起喊了起来
村民们一个个弯下腰
聆听她们撒娇入怀的渴求

平常习惯了鸟鸣的村民们
一朵朵收集着这些喊声
他们像珍惜自己的命运一样
将这些喊声装在布袋里
装上车

冬季的时候将她们一打开
所有的寒冷都遁了形

2016.10.15

不朽的胡杨

远方有多远
在到达这片倒地的胡杨林之前
我不知道它的边界
就像不知道胡杨要去的方向

长久有多久
我抚摸着胡杨疙里疙瘩的躯干
细想它在风中颠沛的时光

谁将被砍伐
谁将被妆雕
谁将被供奉或柴烧
谁将一直躺在这里等待不朽

谁将有怎样的命运
我无法做到世事洞明

关于这样的事
我一直不知道向谁请教
我想问这些胡杨
它们保持着集体的缄默

我只有扪心自问啊
这些走过我前世和今生的树
是否
还要与我的来世相拥
那时会是怎样一道风景
在一枚果实内核
还是一片比眼睛蔚蓝的
天空

2016.10

伐木人不知去向

葱葱的季节，倒在
一个明亮的早晨
横七竖八的躯壳啊
将什么都已付出
而伐木者已不知去向

郁郁的时光啊，曾茂盛了
你我的世界
我的灵魂伸出万千枝
幸福的渴望
而今，是谁——操着
锋利的锯刀
将梦幻伐倒
而伐木者已不知去向

白色的血液和呻吟
早已凝固
可伐木人已经离去
伐木者已不知去向
人啊
又有谁来触摸

属于那段日子的年轮里
我依然萦绕不散的
体温

     2016.10

尊严

一只猫死了
躺在路中间
我紧急刹车
撞它的车已经逃逸

它死的表情还算安详
像是进入了一场大梦
一场解脱

前几天我给它喂过食
每次丢下食物的时候
我都选择在固定的位置
不等它来便悄悄离去
是的
虽然我心怀仁慈
也得让它吃得有面子

真的
有时它见到我
喵的一声问候
有时跑到我的跟前

想要亲昵
最近
它下了小崽
我丢了一条鱼在老位置
它叼走鱼迅速离开
可能要与幼崽分享吃到鱼的喜悦

今晚它躺在路中间
永远都不会醒来
我将车灯关闭
在黑暗中将它埋葬
口中念念有词
是的
我们应该心怀仁慈
让它的死亡也有面子
我还要找到它的幼崽
让它们知道那个固定的位置

2016.10.16

季节的恍惚

夕阳
举起一把铜壶
将恬静缓缓倒下
我沏满霞光的大瓷碗
袅袅升起的
还有达吾孜亚的炊烟

花瓣
经过了多少相思
瘦成了弱不禁风的模样
我额头的这朵云
要将这个季节最后的一缕暗香
带向何方
月光悄悄躺在我身边
我坐在一张冰凉的木桌旁

马车
驮走了雨水的喘息
还要驮上一车柴禾的算计
那个赶车的人
路过黑暗中的一些灯火

没有选择一家停下
在我和这片树林的沉默中
他是否还在
赶着自己的宿命

2016.10.19

初冬的早晨

草已交出了自己的山坡
云朵开始搜索这片单薄的天空
没有一只受伤的鸟儿流泪
一棵棵树背过身去
我看到了它们被时间磨破的伤疤
我看见
一场雪一直在天空
打着腹稿

我不知道
我即将要讲的故事
是否会聚拢一群老人的年纪
我知道
孩子的笑脸
是春天的花朵
要用水粉去细细描摹
轻轻地画

在初冬
我也想摊开这张白纸
打开一片朝霞满天

举着彩笔
小心翼翼地描
一朵花、两朵花
一万朵花
但我怎么也画不出
最寂寞的那一朵花

2016.11.6

无处不在的阳光

寒风被干枯的枝桠扯碎一地
青草已被拐卖
树叶描画着秋天的脚印
鸟鸣一声比一声骨感
农具开始蓬头垢面
这个时候
多么苍凉
但阳光暖暖地挂在我单纯的脸上

昼夜温差大了起来
星星冷得躲在天边
两条狗为一根骨头撕咬
冬灌将庄稼地划出了许多冰凉的道子
渠水举着一把又一把寒光的刀子
一群蚂蚁不断地撕开大地的裂缝
这个时候
多么悲壮
但阳光暖暖地贴在我深深的伤口上

一封信在路上
忘记了地址

一家家的门窗被寒霜捂住了嘴
碾压的路面来不及铺设沥青
鱼塘的垂钓者无功而返
这个时候
多么失望
但阳光暖暖地照着我迷惘的双眼

地窖露出了一嘴的龅牙
铁丝上晾晒的衣服一挂好些天
板床边的人不知是坐还是站
积了灰的灶台在寻找它的主妇
一车麦秸的命运不知要奔向哪里
这个时候
多么无助
但阳光始终暖暖地充盈在
我无悔的心里

2016.11.12

下雪天

漫天飞舞的雪花
让达吾孜亚干瘦的冬天有了内涵
雪花丰腴了树梢
雪花湮没了鸟鸣
雪花落上我的胸脯
但没有落在我的心里
此刻
没有觉得比平常的日子更寒冷

雪花想覆盖住我的脚印
我就不停地在雪地上制造脚印
让我在达吾孜亚的故事中
至少保留一点儿暂时的印记
我从村头走到村尾
从东头走到西头
没有可牵的手
梨园的梨花呢
早已远远地闪在春后

只有一朵雪花
触碰到我的手指

还有一朵落在我的睫毛上
在没有挡住视野前已经消逝
就是这样
我也看不到
谁将与我并肩走下去
伊人在天山那头
在达吾孜亚
我从西头走到东头
一场初雪
也让我白了眉毛白了头

2016.11.18

库木吐喇千佛洞

千年沧桑
难灭石壁的佛影
刀光剑影
难掩佛的微笑
佛在画里
佛也在心里

身前身后
唯见洞窟相连
慧眼所至
莲花盛开

众生在穷山恶水间
能自在安详
只因了佛在心
心生佛
佛即佛
我即佛

有缘者
自见洞中乾坤

无缘者

闻渭干河水喧嚣

2016.11.19

初雪

雪花扇动着白色的翅膀降落
一切都是新鲜的
金黄
已失去了占有的霸气
在北风露出刀锋的时候
他们驭起收割的庄稼
跌跌撞撞远去
田地里凝露结霜
道路
尝到了人生初始的泥泞和寒冷

还未归仓的粒粒粮食
身上已是白雪皑皑
几棵满是疤痕的杨树
衣裳单薄
不停地揉搓耳朵
偶尔露出的星星
像是冰被钉在夜空
让人心痛
还有一些平平淡淡的表情
都在房子里架起了炉火

而窗外的雪花早已落满
过去的山河
雪花落在树上
让她们换成了一身裘衣
雪花落在篱笆上
变成了疏疏落落的水墨画
只有一个人不时拍打着另一个人的头发和衣裳
女孩子身上没有白雪和寒冷
男孩子的心正在发烫

2016.11.19

冬至：一场乃孜尔

冬天到了，有人去了远方
倒在我手里的水是倾斜的
在热气之上
搭上一条无人使用的毛巾
我不知道逝者的长相
地毯上专心摆着砖茶、大馕和抓饭
在我取勺子的时候
我听见一只乌鸦的叫声摔下来

冬天到了，有人去了远方
那些头顶谢掉叶子的树
明显地佝偻起了腰
渠水不紧不慢地攥着风声
让生活的步子蹒跚了许多
冰凉的水泥
能否将灵魂固定在墓穴
周围的草丛都没敢抬起头

冬天到了，有人去了远方
七天了一盏灯明明灭灭
是否只有它

能理解路途的遥远和昏暗
我想
即使有一束阳光不愿放弃
逝者的无名指
也不会照到一枚铜饰

2016.12.21

来不及

天啊
我想去见一些人
来不及了
来不及拭去一片草叶上的泪水
来不及与花朵一起盛开
来不及学会一声声鸟鸣
来不及将很多张笑脸
锲入蝴蝶的筋骨

来不及了
我甚至来不及坐在渠边
将水花扬起
淋湿一群蚂蚁的汗珠
我来不及说出一条鱼的名字
也来不及找到
纷纷后退时光的足迹

真的,一切都来不及了
来不及让一条路在胸中
延伸我的伤感
来不及和月牙的脸

一起瘦下来
来不及了
我记忆的房锁生了锈
无法打开
我已经来不及
诉说手指的疼痛

我来不及去见一些人
我来不及将你忘记
而你达吾孜亚
一年比一年显得
热烈而年轻

2016.12.21

这一年，我聆听爱的声音

这一年，我是达吾孜亚的乐器
被老乡们用不同的耳朵敲击
这一年，我是达吾孜亚的钟摆
老乡们每天都看见一行新鲜的脚印
这一年，我是达吾孜亚的箭杆杨
春天，我的叶子和老乡的犁铧
一起吐舌
冬天，我的骨骼和屋顶的炊烟
驱赶大地的寒意

这一年，我是达吾孜亚的向日葵
白天，长满老茧的双手端着日晷盛满阳光和泪水
让黝黑在汗珠里慢慢聚拢
夜晚，我头顶月亮，提着装满虫鸣的漏壶
让村里的小径铺满花香

这一年，我是达吾孜亚的一辆马车
车上驮的，不仅仅是我的
奋斗和理想
还有三千个小若拳头的发动机

他们不可避免地在命运的奔流中
栖身
我要和他们一起
按顺时针奔跑
在时间的滴答声中
这一年,我始终听得见
"萨迪克江""萨迪克江"
达吾孜亚老乡们将爱的声音
一点点传递

*"萨迪克江":达吾孜亚老乡给作者起的维吾尔名字

2016.12.14

我要带走一个葫芦

我要带走这个葫芦
它是龟兹大地生长出来的
我看见它绽放的娇艳的
花朵
嫩黄的,我经常让走访的
身影为它挡住沙尘
我看见它结出的一枚润湿的
果实
它羞涩地躲在绿叶间

我得为它铺好柏油路
修好防渗渠
让阳光和雨露向它倾泻
待它长成一个大葫芦
我为它安装一盏路灯
让梦想在夜晚将它照亮
直到老乡满怀深情地将它交到我的手上

我把它放在床头
经常能看见它的啼哭、蹒跚学步和青春的笑容
它多像我亲手哺育的一个孩子

有时更感到它像一个个老乡
他们的喜、他们的忧
像这葫芦的纹路时时爬满
我的心头
我要把它带回去
带到天山北坡
我依旧要把它放在一栋高楼的床头
我还要在这个葫芦上画满画
画上一双双翅膀
让我对达吾孜亚老乡的思念
在四季飞翔

2016.12.31

后记

　　时光荏苒。没想到一年的时间如此短暂，2016年2月25日—2017年3月1日，白驹过隙，忽然而已。时间在我的眼中留下了些什么？达吾孜亚村在我心中留下了些什么？一切都仿佛斑斓的梦，弹指一挥间。醒来，幸好有这本薄薄的册子见证了梦的行走。

　　岁月蹉跎。一年的时间很长，长到占据人生最精彩的几十分之一！2016年，带着组织的重托，远离家人和熟悉的环境，我用双脚丈量了达吾孜亚的村头巷尾、阡陌人家；用双手推动了达吾孜亚各项事业的轰轰烈烈、欣欣向荣；用双眼见证了达吾孜亚的日新月异、进步稳定。同时，用真情历尽了聚散离合、酸甜苦辣；用真心感受了得失贵贱、爱恨更覆。无论是月圆天心，还是梦魇压枕，小小的册子收藏了365天纷纷扰扰的片段。

　　龟兹古国。达吾孜亚是如此之大。寺庙土居、梵音琴乐，体悟民族文化的璀璨与震撼；莺歌燕舞、抓饭拉面、丝绸烽燧，感受南疆异域的别致与风情；独处果园，手摘鲜果，静品人生难得的随心与清欢；深夜枯坐，光亮灯灭，红尘中的浮沉与无常历历在目；遭沙尘暴，沐历风雨，壮美河山依旧藏心间。不管是在荒漠还是庄稼地，这本册子用一页一页的美好与光明，将我的记忆填满。

十里杏花。达吾孜亚是如此之小。它就是一个村落，它一辈子就举着那么小小的一块很有色彩的土壤。站在这里观宇宙，我意外地想起了前世、今生和未来；不经意在一个时间段能抛却所有杂念，滋长了一份神闲高雅的淡然。无论这世界再有多小，它让我的某个功能复活，它让我感受到周遭的生活诗意荡漾起来。我小心地把这些小水珠串起来。但愿这本册子是一朵奢侈的浪花，永远幽居在我达吾孜亚的心海。

唐晓冰
2017年3月于乌鲁木齐